Vorwort

Mein Name ist Gina Weiß. Seit einiger Zeit schreibe ich Erotikbücher. Wie meine Buchreihe "Bumsgeschichten". Doch nun möchte ich mich einem neuen Projekt widmen.

"Deutsch, blond, versklavt" – ist eine erotische Kurzgeschichte. Sie handelt von den drei Freundinnen Dunja (meine Wenigkeit), Lucy und Eva.

Nach dem Abitur unternehmen die drei jungen Frauen eine Abenteuerreise. Diese führt uns unter anderem auch nach Afrika.

Dort nimmt unsere harmlose Reise jedoch eine schicksalshafte Wendung.

Diese Geschichte ist in der Ich-Form geschrieben, mit mir als Hauptprotagonistin

Ihre Gina Weiß

Deutsch, blond, versklavt

Impressum

Deutsch, blond, versklavt

Wir waren drei wirklich enge Freundinnen. Unsere Freundschaft war so eng und so tief wie man es sich nur vorstellen kann. Wir kannten uns schon aus dem Kindergarten. Gingen zusammen auf die Grundschule und hatten jetzt zusammen das Abitur gemacht. Schon seit mehr als einem Jahr waren wir uns einig, dass wir nach dem Abitur als erstes eine lange Reise mit dem Rucksack machen würden.

Wir wollten viel wandern, die Welt sehen und möglichst billig wohnen. Es sollte eine weite Reise werden, auch auf andere Kontinente. Wir hatten zwar alle feste Freunde und waren vergeben. Doch wollten wir aber unbedingt ohne Männer allein diese Wunschreise durchführen. Man hatte uns gewarnt, dass nicht überall das Reisen junger Mädchen problemlos und ungefährlich sei. Nach wie vor gebe es vor allem in orientalischen Ländern, aber auch wohl in Fernost den Menschenhandel. Der sich vor allem natürlich auf junge Frauen fokussiere, die meist versteigert und in Bordelle gesteckt werden.

Doch solche Geschichten waren uns egal. Wir waren jung, unbekümmert und stolz. Trotz dieser Warnungen ließen wir uns nicht abschrecken. Wir waren volljährig und der Meinung, dass einem Dreiergespann wie uns nichts passieren könne. Also ließen wir uns nichts sagen und uns auf keinen Fall von der Reise abhalten.

Im Juni ging es los, wir hatten uns vorgenommen, mindestens 3 oder auch 4 Monate unterwegs zu sein. Wir hatten gespart und auch Geld von unseren Eltern und unseren Freunden dazu bekommen. Wenn wir sparsam lebten, sollte es dicke reichen.

Zunächst fuhren wir nach Italien, Sardinien und Sizilien, meist waren wir per Anhalter unterwegs und kamen ohne echte Schwierigkeiten auch gut durch. Natürlich wurden wir jungen Frauen angemacht, da wir aber zu dritt waren, passierte uns nichts. Es war sogar etwas prickelnd, wenn die südländischen Männer uns schöne Augen machten und mit uns flirteten was das Zeug hielt.

Nachdem wir afrikanischen Boden betreten hatten änderte sich aber doch einiges. Man wurde nicht nur angeschaut, man wurde angesprochen und richtig stark bedrängt. Wir waren alle drei samt blond, ein richtiger, exotischer Blickfang für die Männer dort. Wir waren hübsche Mädels mit ausgeprägten Brüsten und guten Figuren. Überall wurden wir bestaunt. Natürlich versuchte man auch uns zu berühren, vor allem an den Brüsten und am Po. Aber als moderne Frauen wie wir es waren wussten wir uns zu wehren.

Am nächsten Tag lasen wir eine Broschüre auf Französisch. Es war ein Angebot für eine

Kamelsafari in die Sahara, die gebucht werden konnte. Die Dauer wurde mit fünf Tagen angegeben. Übernachtung je nach Möglichkeit an Oasen. Wir waren uns schnell einig. Dass das ein tolles Abenteuer werden könnte und vor allem auch weil es billig war. So buchten wir diese Safari, die am nächsten Morgen um 6 Uhr losgehen sollte.

In dieser Nacht schliefen wir in einer schmuddeligen Herberge. Dort waren kaum Schlaf und Entspannung zu finden. Am nächsten Morgen waren wir pünktlich an dem Ort, den man uns angegeben hatte. Es fanden sich insgesamt 9 Touristen ein, zwei junge Männer, Engländer, ein älteres Ehepaar, Deutsche und außerdem zwei Schweizer Mädchen in unserem Alter. Auch blond, nicht gertenschlank aber mit guten Figuren. Es schien eine nette Reisegruppe zu werden.

Als Führer standen uns 3 große, muskulöse Nordafrikaner zur Verfügung, Libyer um genau zu sein. die uns auch halfen, das Gepäck auf den Kamelen zu verteilen. Dann zeigten sie uns auch, wie man bei einem Kamel in den Sattel steigt.

Pünktlich ging der große Ritt los und es wurde in der Wüste schnell sehr warm, so dass nach und nach jeder der Beteiligten sich ein Kleidungsstück auszog, nicht aber so viel, dass größere Hautteile unbedeckt waren. Das hätte zu schlimmen

Verbrennungen führen können. Es war ein echtes Erlebnis, so mitten in der Wüste auf einem Kamel zu reiten.

Mit einer kurzen Pause am Mittag waren wir bis etwa 18.00 Uhr unterwegs, als wir an einer kleineren Oase ankamen. Dort schlugen wir nun unsere Zelte auf, dann gab es ein einfaches Essen. Es war sehr kühl geworden und wir wärmten uns zusammen an einem lodernden Lagerfeuer.

Wir gingen recht früh ins Bett und verbrachten eine ruhige Nacht. Am nächsten Morgen allerdings beklagten sich die beiden Schweizerinnen, sie seien in der Nacht im Zelt von zwei der nordafrikanischen Führer besucht worden, die sie - wie sie sich ausdrückten -

unbedingt vögeln wollten. Nur mit Mühe hätten

sie die Männer wieder aus ihrem Zelt drängen

können. Man merkte ihnen an, dass sie ein wenig

die Lust an der Safari verloren hatten. Es blieb

ihnen ja aber nichts anderes übrig, als weiter

dabei zu bleiben.

Auch der zweite Tag verlief sonst ereignislos. Wir

erblickten Sand um Sand. Düne um Düne. Soweit

das Auge reichte. In der Wüste ist nicht wirklich

viel los. Wir kamen kurz vor dem Einsetzen der

Dämmerung zu einer weiteren, etwas größeren

Oase. Dort gab es zwar so eine Art Hotel, wir

sollten aber die Zelte aufschlagen und wieder in

diesen übernachten. Ich war etwas beunruhigt,

denn ich hatte feststellen müssen, dass eine von uns, Eva, augenscheinlich ein Auge auf einen der Nordafrikaner geworfen hatte.

Als ich sie darauf ansprach gab sie es zu und meinte, sie habe gesehen, dass der Mann einen riesigen Schwanz in der Hose habe. Und sie wäre nach diesem ganz verrückt. Auf meine Frage, wie und wann sie den Schwanz probieren wolle, sagte sie nur, Ahmed habe ihr gesagt, er finde schon einen Weg. Ich befürchtete, dass dieser Mann nachts zu uns ins Zelt kommen könnte, um sie zu besuchen. Mir gefielen die exotischen Männer zwar auch gut. Aber ich wollte mich nicht mit ihnen keinesfalls einlassen.

Tatsächlich wachte ich nachts auf, weil ich eine Unruhe im Zelt wahrnehmen konnte. Als ich die Augen aufschlug, sah ich trotz der Dunkelheit, dass drei Männer ins Zelt gekrochen waren. Einer von ihnen war schon bei Eva, die anderen wollten zu Lucy und mir. Lucy und ich wollten Eva, die sich auf ihren Liebhaber gefreut hatte, nicht enttäuschen und gestatteten deshalb den Beiden, uns zu begrapschen, mehr aber nicht.

Als sie Gewalt anwenden wollten, sie schienen doch sehr erregt zu sein, schlugen wir zu und wurden laut. Erbost ließen sie von uns ab, sie sagten aber etwas auf Arabisch. Wir konnten kein

Wort verstehen, aber es hatte sich wie eine

Drohung angehört. Dann verschwanden sie bis

auf Evas Liebhaber, der sie dann auch trotz

unserer Gegenwart ganz ungeniert fickte.

Dennoch war er auch mit Abstand der

angenehmste unter den Burschen.

Nach langer Zeit schlief ich dann doch wieder ein

und wachte am Morgen etwas verkatert auf. Ich

merkte sofort, dass die Stimmung angespannt war

und die 3 Nordafrikaner sauer auf uns waren.

Ohne ein freundliches Wort ging es weiter und an

diesem und am nächsten Tag passierte nichts

Ungewöhnliches, nur waren wir Frauen unsicher

geworden. Mit jeder Minute die wir mit diesen

Männern verbrachten wuchs unsere Unsicherheit.

Am vierten Tag der Reise kamen dann mittags zwei Kamelreiter auf unsere Gruppe geritten zu und redeten auf unsere Reiseführer ein, die daraufhin sehr unruhig wurden. Nach einer kurzen Mittagspause drängten sie ohne eine weitere Erklärung zur Eile. Nach weiteren etwa zwei Stunden tauchte ein Trupp Reiter auf, die schnell auf uns zukamen. Sie schrien für uns Unverständliches, sie fuchtelten mit Waffen herum. Als sich einer unserer Führer ihnen entgegen stellte. Er wurde brutal aus dem Sattel auf den Boden geschleudert. Dann trennten die Männer uns fünf junge Frauen von den übrigen Teilnehmern und trieben unsere Kamele in eine ganz andere Richtung. Wir merkten dann auch recht schnell, dass wir entführt worden waren.

Nach einem sehr schnellen Ritt von etwa 3 Stunden, es begann schon allmählich zu dämmern, erreichten wir eine kleine Oase, die diesen Männern zu gehören schien. Dort empfingen uns drei Frauen und weitere etwa 20 Männer, die uns absteigen ließen. Es sah alles sehr bedrohlich aus und das war es auch. Einer der Männer sprach uns in Englisch an und verkündete uns, dass sie uns eingefangen hätten. Um uns im Sudan auf einem Sklavenmarkt zu versteigern.

Für blonde Europäerinnen gebe es viel Geld, da diese in den Bordellen der ganzen Welt gesucht seien. Als er uns fragte ob wir noch Jungfrauen seien, verneinten wir alle fünf. Keine von uns war noch Jungfrau. Der Mann nahm es zur Kenntnis. Dann sagte er uns ganz deutlich, dass es besser für uns gewesen wäre jungfräulich zu sein. Jungfrauen erzielen die höchsten Gewinne auf dem Sklavenmarkt.

Denn er und seine Männer hätten nun keinen Grund mehr uns nicht einige Tage richtig hart ranzunehmen. Dann könnten sie auf dem Markt gut eingerittene Huren verkaufen, die sofort einsetzbar seien. Ein kalter Schauer lief mir über den Rücken. Ich hatte Angst und war kurz davor eine Panikattacke zu bekommen. Es drehte sich in meinem Kopf und langsam begann es mir Schwarz vor Augen zu werden.

Eine der Schweizerinnen versuchte, zu fliehen, obwohl das hier in der Wüste kaum möglich war, wenn man am Leben bleiben wollte. Sie wurde sofort von den Männern eingefangen. Sie rissen dem armen jungen Ding die Kleider vom Leib und verprügelten sie mit ihren Kamel-Peitschen. So lang und so hart bis sie zusammengekauert am Boden weinend winselte.

Als wimmerndes Bündel lag sie im Sand, als sofort einer der Männer seinen dicken großen Schwanz aus der Hose holte und sie - ohne auf ihre Schreie zu achten - gnadenlos bestieg. Er legte sich das arme Mädchen zurecht und drang unbarmherzig in sie ein. Vor den Augen aller anwesenden

Männern und Frauen. Alle Frauen verstummten und die Männer grölten aufgewühlt.

Dann wurde auch uns befohlen, uns nackt auszuziehen. Und wenn man zu langsam war, spürte man direkt die Peitsche. Der Mann der englisch sprach wies uns darauf hin, dass es die übliche Bestrafung für eine Sklavin sei, ausgepeitscht zu werden. Wenn wir das vermeiden wollten, sollten wir immer sofort das tun, was uns befohlen werde.

Mein Puls raste unaufhörlich. Mein Herz schlug wild wie das Herz eines galoppierenden Rennpferdes. Ich hatte das Gefühl gleich einen Herzinfarkt zu bekommen. Nun ließen die Männer ihre Hosen herunter oder holten zumindest ihren Schwanz aus der Hose. Wir Frauen mussten nun alle niederknien. Mit breitem Grinsen platzierten sich die Männer vor uns. Wir konnten nicht verstehen was sie uns entgegen brüllten. Doch ihr Lachen und ihr schmieriges Lächeln wies darauf hin das es keine schönen Worte waren.

Der Typ vor mir säuselte etwas das ich nicht verstand. Als ich nicht reagierte, gab er mir eine Ohrfeige und deutete auf seinen Mund den er öffnete. Mir war natürlich von Anfang an klar was er wollte. Ich traute mich nicht Widerstand zu leisten. Er steckte mir seinen mächtigen Nordafrikanischen Phallus in meinen edlen, deutschen Mund.

Und schnell hatte jede von uns einen dicken, karamellfarbenen Moslem-Schwanz im Mund, den wir hoch blasen mussten. Der Schwanz, der mir in den Mund gesteckt wurde war riesig, vor allem aber ungewaschen und stinkend. Ich schmeckte das herbe, würzige Aroma des Mannes.

Lucy versuchte sich zu wehren und wurde mit der Kamelpeitsche richtig verdroschen, solange bis sie wimmernd am Boden lag, nur um sofort von einem der Kerle unwirsch gepflügt zu werden. Von uns fünf jungen Frauen waren nun zwei windelweich geprügelt worden. Aber wir alle fünf wurden stundenlang von diesen Männern benutzt. Sie machten sich alle unsere Löcher zu Eigen. Wir mussten das tun, was unsere Peiniger befahlen und das ohne zu zögern.

Wenn wir uns weigerten, drohte uns die Peitsche. Und wir wussten nicht wie weit die Männer bereit waren zu gehen. Fünf Tage lang wurden wir jeden einzelnen Tag mehrere Stunden lang gefickt und verprügelt. Und mit jedem Tag wurden wir demütiger.

Die ersten beiden Tage waren sehr schlimm. Nicht nur körperlich. Vor allem mental. Doch es dauert nicht lange bis sich das berühmte Stockholm-Syndrom einstellt. Bis man sich mit der Situation, mit seinen Peinigern arrangiert. Bereits am fünften

Tag schlichen wir schon am frühen Morgen zu den Männern die uns missbrauchten, um uns ihnen anzubieten. Nun schien ihnen das zu genügen, wir bekamen so eine Art Kleid übergestreift und los ging der Ritt nach Süden.

Wir reisten lange, wir ritten weit, sehr weit. Erst nach sechs weiteren Tagen, an denen wir erneut in jeder Pause mehrfach geschändet wurden, kamen wir um die Mittagszeit in einen kleinen Ort. Das Sperma der Kerle klebte an unseren verschwitzten, weißen Körpern. In diesem Ort, wie man uns sagte, würde am darauf folgenden Tag die Auktion stattfinden.

Man sperrte uns in einen Käfig, in dem sich bereits zwischen 25 und 30 junge Frauen befanden, die alle am nächsten Tag zur Versteigerung anstanden. Während des weiteren Tagesverlaufs kamen immer wieder Karawanen mit Frauen. Weiße Frauen, schwarze Frauen, Mischlinge. Die Frauen wurden sofort in unseren Pferch getrieben. Langsam waren nun auch etwa 39 Männer da und jeder holte sich eine von uns eingesperrten Huren.

Wenn uns einer der Männer ficken wollte, dann tat er das einfach. Ganz ohne Zögern, ungeachtet der Tatsache, dass alle zuschauen konnten. Auch in der Nacht noch kamen Transporter und am Morgen hatten sie dann fast

70 Frauen zusammengetrieben. 70 Frauen die sie

als Sklavinnen versteigern wollten.

Erstaunlicherweise waren in der Nacht fast nur

Weiße Frauen und dazuhin weit überwiegend

Blondinen eingetroffen. Es schien ein bekannter

Markt für Sklavinnen zu sein, die als Huren in

Bordelle der ganzen Welt, vor allem aber im

asiatischen und afrikanischen Raum kommen

sollten.

Wir bekamen richtig Angst, denn als Hure in einem

asiatischen Puff zu landen und dort verschlissen zu

werden, das konnten und wollten wir uns nicht

vorstellen. Allein das, was wir seit unserer

Gefangennahme über uns hatten ergehen lassen

müssen reichte vollkommen aus. Wir sahen aber

keinen Ausweg. Wir waren nicht länger

Lebewesen mit Rechten. Wir wurden zu

Gebrauchsgegenständen ohne Willen und

Persönlichkeit.

Für die Versteigerung der etwa 70 Frauen waren 3

Tage vorgesehen, da man uns sagte, die

schwarzen Frauen würden normalerweise nicht

einzeln sondern in Trupps verramscht. Sie seien

billig, würden zwei drei Jahre in einem

ordentlichen Puff eingesetzt werden. Und danach

anschließend meist als hervorragend eingerittene

Stuten an Billigpuffs weiter verhökert. Wenn keiner

sie mehr einsetzen wollte, würden die meisten

nach etwa fünf bis sechs Jahren entsorgt und

fertig war es.

Anders sei es bei uns weißen Huren. Sie hielten einmal länger und würden auch dann noch eingesetzt werden können, wenn sie sichtbar verbraucht waren. In guten Bordellen, wo sie nicht ständig im Einsatz sein müssten, seien sie meist bis zu 10 Jahren verwendbar und dann gab es immer noch Abnehmer. Weiße Huren waren deshalb sehr begehrt, vor allem deutsche Mädchen. Mich überkam ein eisiger Schauer. Ich sass hier fest und konnte an meinem Schicksal nichts ändern. Meine Freundin Eva hatte sich insoweit arrangiert, als sie bereit war, sich mit Arabern und Nordafrikanern einzulassen. Lucy und ich dagegen zitterten unserem Schicksal weinend entgegen.

Morgens um 6 Uhr kamen einige der Sklaventreiber, um die Frauen zu holen, die am Vormittag zur Versteigerung kommen sollten. Es waren 20 Frauen, 15 farbige Mädchen und 5 weiße. Er trieb sie aus dem Pferch und forderte sie auf, sich nackt auszuziehen. Schließlich sollten sie sich vor ihren neuen Herren anständig und anschaulich präsentieren. Niemand möchte die Katze im Sack kaufen. Alle bis auf eine kamen dem Befehl auch sofort nach.

Die eine Weiße bekam zwei schallende Ohrfeigen, woraufhin auch sie sich ihrem Schicksal beugte. Sie beeilte sich, den Fetzen über den Kopf zu streifen. Es war eine Gruppe wirklich ansehnlicher Frauen, alle waren sehr gut gewachsen und hübsch. Die weißen Frauen waren blond oder leicht brünett. Unweit des Käfigs war so etwas wie ein Autowaschplatz. Dorthin wurden die Frauen geführt und mit einem Schlauch abgespritzt. Sie bekamen Seife, mußten sich einseifen und wurden dann erneut abgespritzt. Als sie so gesäubert waren, bekamen sie ein billiges Frühstück und ein Glas Wasser.

Anschließend kamen sie in einen kleinen Pferch, direkt neben dem Auktionspodium. In der Zwischenzeit war es etwa halb neuen. Es hatte sich eine größere Anzahl von Männern eingefunden, augenscheinlich die Interessenten. Und dann begann es auch schon. Zunächst kamen 5 der schwarzen Frauen aufs Podium. Sie mussten sich drehen und bücken. Sie mussten ihre Zähne und ihre Mösen zeigen. Dann wurde geboten. Schließlich gingen sie für zusammen 25.000 US-Dollar an einen tiefschwarzen Zuhälter oder Bordellbesitzer, der gleich sehr hart mit ihnen umging. Er führte sie weg, auch wenn sie winselten und schrien. Es war eine harte Welt und wir waren nun ein Teil davon.

Dann kam eine Blondine, ein sehr hübsches Mädchen, ca. 18 Jahre alt und so schüchtern, man hätte meinen können, sie sei Jungfrau. Der Auktionator beteuerte, sie sei gut eingeritten und würde sich nicht sträuben, eingesetzt zu werden. Es dauerte lange, bis sie versteigert war und sie brachte 35.000 US-Dollar. Noch härter ging das

Biete-Duell bei den anderen 4 weißen Frauen.

Schließlich waren mindestens 25 Bieter da aus

aller Herren Länder. Gegen Mittag dann war

auch die letzte Blondine an den Mann

gekommen. An einen fiesen Asiaten, der ihr

bedeutete, dass sie bei ihm viel werde zu tun

haben. Er ließ sie zunächst in einen weiteren

kleinen Käfig sperren, da er weiter bieten wollte.

Doch dann war zunächst Mittagspause und wir

Frauen die noch übrig waren bekamen eine

schlecht gekochte Suppe und ein Stück Brot,

dazu einen Becher Wasser. Lucy, Eva und ich

waren zunehmend nervös und natürlich auch

ängstlich. Wenn wir in die Gewalt eines Mannes

wie den fiesen Asiaten kommen würden, hätten wir nichts zu lachen.

Als wir gegessen hatten, wurde die Käfigtür kurz geöffnet und drei Männer kamen herein, die uns übriggebliebenen Mädchen für die Nachmittags Versteigerung holen kamen. Wieder trieben sie einen Schwung farbiger Mädchen vor sich her und nahmen erneut 5 weiße Frauen, unter denen auch Eva war, die sich sträubte und unbedingt zusammen mit Lucy und mir versteigert werden wollte in der Hoffnung, dass ein Bordellbesitzer uns drei weiße Frauen zusammen kaufen würde.

Eva handelte sich eine kräftige Ohrfeige ein und wurde grob aus dem Tor hinausgestoßen.

Draußen mussten alle Frauen wieder ihre lumpigen Hüllen fallen lassen und nackt das Podium besteigen. Die 20 schwarzen Mädchen, alle herrlich gewachsen und an der Scham rasiert, wurden wieder in Gruppen zu je fünf Stück zusammen verramscht. So ein Paket brachte meist zwischen 25.000 bis 50.000 US-Dollar ein. Für diese hier jedoch, erzielte der Auktionator etwas über 60.000. Wegen ihrer besonders guten Körper und weil 2 Jungfrauen unter ihnen waren. Die anderen 5er Pakete brachten dem Sklavenhändler zusammengenommen weitere 106.000 US-Dollar.

Die Gebote für die blonden weißen Frauen überschlugen sich erneut. Weiß und blond war hier der absolute Renner, da es in den Gegenden, in denen sie zum Einsatz kommen sollten, so etwas nicht gab. Es zog sich hin und schließlich kamen für die 5 Weißen zusammen über 217.000 US-Dollar zusammen. Eva allein brachte 70.000 Dollar, die höchste Summe. Wichtig schien den Käufern zu sein, dass das innere der Vaginen rosa und nicht braun war. Alle wurden genau auf diese Farbe hin untersucht.

Für diesen Tag war die Auktion beendet, wir Mädchen bekamen ein Stück Brot, ein Stück Ziegenkäse und Wasser, fertig. Bereits am nächsten Morgen wurden wir nach einem kargen Frühstück wieder abgespritzt und dann nass und nackt aussortiert. 20 farbige Mädchen, Lucy und ich sowie 2 weitere weiße Frauen wurden mit harter Hand auf das Podest getrieben. Kaum standen wir dort oben begann wieder das geschäftige Treiben.

Schon begann die Versteigerung. Irgendwie war es anders, die schwarzen Mädchen schienen heute etwas bessere Exemplare zu sein (tatsächlich erfuhr ich, es waren alles Töchter von Häuptlingen). Es wurde hart verhandelt, sie wurden auch in Zweiergruppen versteigert und brachten deutlich mehr Geld als die schwarzen Frauen am Vortag.

Als es dann an die weißen Frauen ging, wurden wir einer genauen Untersuchung unterzogen und wieder wurde unser Intimbereich untersucht. Die erste Frau war ich, man lobte meine Figur und betonte, ich sei sehr gut eingeritten, ausdauernd und gesund. Zum Schluss fiel der Hammer bei 83.000 US-Dollar. Lucy kam nach mir. Auch sie wurde begutachtet und auch sie wurde als vorzüglich ein geritten angeboten - das stimmte ja auch bei uns beiden nun wirklich. die Gebote begannen und - um es kurz zu machen - zu unserer beider großen Freude war mein neuer Herr der Meistbietende.

Für 75.000 US-Dollar bekam er meine beste Freundin. Und ich muss gestehen das ich auch mit etwas stolz erfüllt war das für mich der höchste Preis bezahlt wurde. Damit hatte der Mann wohl was er wollte. Er zahlte für seine Sklavenmädchen und führte uns zu einem Pick Up, wo er uns befahl, auf die Pritsche zu steigen. Er warf jeder von uns eine Art Kleid zu, setzte sich ans Steuer und schon ging es los. Ja, um das nachzuholen, es war ein großer Araber, nicht sehr freundlich aber auch nicht zu hart. Er fuhr mit uns etwa 3 1/2 Stunden zu einem kleinen Flugplatz, holte uns von der Pritsche und schob uns in die Kabine des einzigen dort stehenden Flugzeugs.

Er gab dem Pilot ein Zeichen und dieser startete sofort. Unser neuer Herr oder was er sonst auch war gebot uns, die schäbigen Kleider auszuziehen und zunächst nackt zu bleiben. Dann brachte er uns in das Heck der Maschine, wo ein großes Bett stand, auf das er uns warf. Wir waren sicher,jetzt

von ihm geschändet zu werden. Aber er

verschwand und ließ uns allein.

Nackt wie wir waren legten wir uns auf das Bett,

als sich plötzlich die Tür öffnete und ein Mann

mittleren Alters hereinkam. Er war augenscheinlich

Araber. Er war nackt wie wir und hatte einen

wunderschönen, großen Schwanz, der bereits

halbsteif zwischen seinen Beinen hin und her

schaukelte.

Er wusste dass wir seine Sprache nicht konnten.

Also sprach er kein Wort. Ohne einen Ton von sich

zu geben spreizte er meine Beine, er zog mich am

Arm nach oben. Er stand zwischen meinen Beinen

auf dem Bett und steckte mir den riesigen

Moslem-Schwanz in den Mund. Ich öffnete schnell

meinen Mund, um ihm keinen Anlass zu geben,

mich zu bestrafen. Schließlich war mir klar, dass

ich nun sein Eigentum war. Und ich wollte ihn

zufriedenstellen.

Ich legte meine unschuldigen, weichen Lippen

um seinen mächtigen Schaft. Ich saugte ihn voller

Hingabe in meinen Mund. Sanft und

leidenschaftlich lutschte ich an seinem Schwanz.

Voller Freude entweihte er meinen teutonischen

Mund. Der Mann war nicht besonders Zärtlich zu

mir und meinen liebevollen Lippen. Doch ich war

schon zufrieden damit dass er nicht allzu grob

war. Außer ein paar tiefen Stößen in meinen Rachen war er recht nachsichtig mit mir.

Doch schon nach relativ kurzer Zeit zog er seinen Prügel aus meinem Mund heraus. Er wollte sehen wofür er so viel Geld bezahlte. Er setzte sein Glied an meinen rosafarbenen Schamlippen an. Ich war froh, schon recht nass geworden zu sein, so konnte er bei seinem harten Stoß sogleich tief in mich eindringen. Trotz der Situation war es ein herrliches Gefühl und ich zeigte ihm das auch durch ein lautes Stöhnen.

Der Mann, den ich fortan als meinen Herrn ansah, fickte mich hart und wild. Aber auch wunderbar. Seine bedingungslose, kompromisslose harte Art erregte mich sehr. Ob ich wollte oder nicht, sein fetter Schwanz ließ mich in die höchsten Höhen schnellen. Seine Hüfte prallte so heftig und schnell gegen meinen Leib das ich schnell zu einem Orgasmus kam. In diesem Moment zog er ihn aus mir heraus und wandte sich Lucy zu. Es dauerte nicht lange und auch Lucy stöhnte laut auf.

Nach ihrem Orgasmus zog er ihn auch aus ihr wieder heraus und wir mussten ihn beide zusammen blasen, bis er mit einem lauten Schrei sein Sperma auf das Bett und über unsere Körper spritzte. Wir verstanden keinen Ton von dem was er sagte. Doch er schien zufrieden mit uns zu sein. Zumindest für den Moment.

Erst dann begann er auf Englisch zu reden. Er zeigte sich angenehm überrascht, dass seine Neuerwerbungen so willig waren und meinte, er überlege noch, ob er uns in eines seiner Edel Bordelle stecken oder uns, zumindest eine von uns, als private Zuchtstute behalten solle. Vielleicht werde er auch beides tun und uns erst einmal einsetzen, damit wir einen Teil des Kaufpreises wieder einspielen könnten und erst dann - wenn wir dann noch zu gebrauchen seien - an Zucht zu denken.

Er habe eine Idee, wie man das arrangieren könne, erwarte von uns dann aber auch, dass wir willig, fleißig und anpassungsfähig sind. Er halte nicht viel davon, eine gute Hure schlecht zu behandeln, wenn sie bereit ist, ihm Geld

einzubringen. Auch habe er eine Anzahl gut

situierter Freunde, die schon darauf warten, seine

Neukäufe zu begutachten und auszuprobieren.

Nur lediglich drei von ihnen seien etwas abartig,

das was sie wollen - und natürlich zu bekommen

haben - sei aber nicht sehr schmerzhaft und wir

könnten das ohne weiteres wegstecken. Lucy und

ich waren ängstlich, aber wir waren auch froh das

uns unser Käufer halbwegs gut behandelte.

Nach dieser Erklärung befahl er uns, zu zeigen was

wir können und in den nächsten knapp zwei

Stunden haben wir unseren sehr potenten Herrn

nicht nur immer wieder in den 7. Himmel gejubelt,

nein er war auch völlig erschöpft aber glücklich.

Als wir von ihm endlich abließen schien er rundum

befriedigt zu sein.

Nach einer kurzen Erholungspause erzählte er uns,

zwei solche Nutten habe er noch nicht besessen

und er sei überglücklich, dass ihm der Preis nicht

zu hoch gewesen sei. Seine Freunde würden

begeistert sein und ihn ganz sicher fürstlich

bezahlen, wenn wir sie so behandeln würden wie

ihn. Allerdings seien es 11 potente Männer, die er -

das sei üblich - an einem einzigen Abend auf uns

loslassen werde.

Wir erklärten ihm, dass wir das schon verkraften

würden, wir seien glücklich, einen solch guten

Herrn zu gehören. Noch am gleichen Abend gab

er uns die Pille, da seine Freunde nur blank ficken

würden und er nicht erlauben könne, dass wir

schwanger würden. Er sagte wörtlich, dass er

nicht erlauben würde, dass wir von einem

anderen Mann gedeckt werden, wir seien sein

Eigentum, seine Stuten. Er schien volles Vertrauen

zu uns zu haben, was wir weitgehend zunächst

erwiderten, denn er schlief eng an uns gekuschelt

ein.

Auch wir waren erschöpft aber recht zufrieden mit

unserer Situation, da wir nun mal von ihm

ersteigert worden waren und niemand da war,

der uns befreit hätte. So schliefen auch wir ein

und erwachten erst, als das Flugzeug landete. Es

stellte sich heraus, dass wir im Irak waren, wo

genau, wussten wir noch nicht. Auch unser Herr

wachte auf, klingelte und ein Diener brachte uns

Kleidung, die sogar einigermaßen passte.

Unser neuer Eigentümer meinte dann, er könnte -

was schon häufig notwendig gewesen sei, wenn

er Huren nach Hause brachte - uns fesseln, damit

wir keinen Fluchtversuch unternehmen würden.

Doch er wolle aber gern in unserem Falle darauf

verzichten, wenn wir ihm fest versprechen, dass

wir es nicht versuchen. Schließlich versprachen wir

es ihm, nicht zuletzt auch deswegen, weil wir nicht

gewusst hätten wohin wir fliehen sollten.

So konnten wir wie freie Frauen mit ihm in seinen bereit stehenden Wagen steigen. Schnell stellten wir fest, dass wir in Bagdad waren. In zügiger Fahrt ging es in die Stadt, er sagte, er müsse erst noch nach seinen Bordellen sehen. Er nahm uns sogar mit hinein. Die ersten drei Häuser, in denen außer zwei alten weißen Schlampen nur schwarze und südasiatische Mädchen zu sehen waren, dazu unsaubere einheimische Arbeiter, waren fürchterlich. Sie waren richtig schmutzig, rochen stark und wenn man befürchten musste, dort eingesperrt zu sein, konnte man sich gleich einen Strick nehmen.

Unser Herr sagte uns, dass hier viel Geld verdient werde. Zwei weitere Häuser waren sauber, die

Huren waren farbig und auch weiß, wenig attraktiv, aber sauber gekleidet. Zum Schluss fuhren wir in eine Nobelgegend und der Wagen hielt vor einer schönen Villa. Auch das war ein Bordell, aber ein absolute hochklassige Adresse. Unser Herr machte uns mit einer richtigen Dame, sehr teuer gekleidet und sehr distinguiert, aber nicht überheblich bekannt. Er nannte sie Madame Samira.

Er sagte ihr, dass wir die zwei Neuzugänge seien, absolute Edelnutten. Aus Deutschland und reinen, arischen Blutes. Nur noch nicht so ganz eingeritten. In wenigen Tagen werde er uns zur Aufnahme der Arbeit bringen. Er erwarte, dass wir gut behandelt würden, wenn wir fleißig und willig sind. Die Bestrafungen würde er selbst vornehmen, wenn es nötig werde, Lucy und ich schauten uns an und waren sehr glücklich, hier arbeiten zu dürfen, denn das schien uns ein Platz zu sein, wo man leben konnte.

Zunächst aber brachte man uns in eine herrschaftliche Villa, schob uns in ein Zimmer und befahl uns, zu baden und uns bis auf das Kopfhaar völlig zu rasieren. Nach einer Stunde etwa wurde die Tür aufgeschlossen. Als man sah, dass wir noch nackt waren, schob man uns so wie wir waren wieder aus dem Zimmer und scheuchte uns die Treppe herunter. Mitten in einen großen Raum, in dem sich etwa 20 bis 25 Männer befanden. Sie alle machten den Eindruck, aus reichen Kreisen zu kommen. Unser Herr kam nur

kurz dazu. Er stellte uns als seine neuen Rasse-

Stuten da und sagte den Herren, bis zum Abend

könnten sie mit uns machen was immer sie

wollten. Dann verschwand er auch schon.

Was dann geschah war unvorstellbar. Die Männer

stürzten sich auf uns wie ein Rudel hungriger

Wölfe. Sie fielen völlig unverhohlen und ruchlos

wie wildes Getier über uns her. Man steckte uns

Schwänze aller Größen in Mund, Möse und Arsch -

vor allem in den Arsch - und das stundenlang.

Keiner nahm Rücksicht, ob wir erledigt waren

oder nicht, man nahm uns nach Belieben. Nach 4

Stunden etwa entstand eine Pause, weil die Männer sich ausgespritzt hatten.

Aber dann wurden sie von einer kleineren Gruppe von Jünglingen abgelöst, die ebenfalls sofort über uns herfielen und uns wieder stundenlang in alle Löcher fickten. Es war ekelhaft, denn wir mussten die in unseren Ärschen gewesenen Schwänze sauber lecken. Aber auch daran mussten wir uns gewöhnen und taten es dann, nur um nicht in einem der Billigpuffs zu landen.

Völlig wund und geschwollen ließ man uns dann einfach liegen. Unser Herr gab uns zwei Tage Ruhezeit, dann wurden wir abgeholt und in seinen Edelpuff gesteckt. Wir hatten rund um die Uhr

High-Heels, halterlose Strümpfe und ein winziges Röckchen zu tragen, sonst hatten wir nichts an. Kaum saßen wir im Schauraum, aus dem die Freier die Huren aussuchen konnten, da wurden wir auch schon wieder geholt.

Bagdad ist eine riesige Stadt. Und der Nachschub an solventen Freiern schien niemals ab zu reißen. Die Freier die uns nun orderten waren schon ältere Herren, die sehr gut mit uns umgingen. Meiner hatte wohl etwas Schwierigkeiten, seinen Schwanz hart zu bekommen, so dass ich ihm liebevoll half und in wenigen Minuten einen imposanten, stock steifen Schwanz im Mund hatte.

Der Freier wollte mich küssen, doch das ließ ich als Hure nicht zu. Mein Herr hat uns küssen strengstens verboten. Alles andere war erlaubt und der Freier machte sich über mich her. Ich schien ihm zu gefallen, schon sehr rasch schob er seinen wirklich ansehnlichen Phallus in mich hinein und begann mich zu ficken. Man merkte ihm an, dass er ein Routinier war und ich hatte tatsächlich einen Orgasmus, was ihn wirklich zu freuen schien. Er blieb drei Stunden und war in der Lage, mich noch einmal zu besteigen und fast eine halbe Stunde lang zu penetrieren.

Als er dann schließlich ging bemerkte ich, dass die Puffmutter ihn ansprach. nach wenigen Sätzen nickte sie zufrieden und er verschwand. Wir hatten eine lange Schicht, ich alleine hatte 7

Freier, bis auf einen alle sehr nett, doch einer

verlangte mich an zu pissen und zog mir mit einer

weichen Peitsche einige Schläge auf meinen

Busen und meine süße Pussy. Es war nicht schlimm,

ja es hat mich sogar erregt, so von ihm

geschlagen zu werden.

Mit einigen Unterschieden, einigen Perversitäten

und öfter als gedacht auch mit sehr dominanten

Freiern verging die Zeit. Da der Sex für mich zur

Notwendigkeit wurde, nahm ich jeden Tag als

einen Genuß, nur wenn ich den, in meinem Arsch

gewesenen Schwanz sauber lutschen sollte,

empfand ich starken Ekel. Doch auch dieser legte

sich mit der Zeit.

In meinen Arsch gefickt zu werden wurde für mich zum Alltag. Und der Arschfick mit mir wurde immer beliebter. Ich arrangierte mich damit. Der Analverkehr mit mir wurde zum echten Geheimtipp unter den Freiern. Kurz gesagt, das Dasein als Hure im Edelbordell war nicht nur erträglich. Ich genoss es wirklich mit der Zeit immer mehr. Mein Herr, der immer wieder nach dem rechten sah, stellte es auch fest und ließ mir Freiheiten, die andere Huren bei ihm nicht hatten.

Ich durfte allein in die Stadt. bekam auch Geld für Einkäufe und war immer zur vereinbarten Zeit wieder im Haus. Nur ein einziges Mal, als die Scharia mich aufgriff, weil ich angeblich zu viel

Haut zeigte, kam ich erst am nächsten Tag und erlebte einen Aufruhr, da man glaubte, ich sei geflohen. Alle waren heilfroh und ich erklärte der Puffmutter, die mir gestand, sie habe an eine Flucht nie geglaubt, was vorgefallen war.

Die Puffmutter, die mich etwas in ihr Hurenherz geschlossen hatte, sagte mir eines Tages nach etwa einem Jahr meiner Tätigkeit bei ihr, dass sich nie ein Freier über mich beklagt habe, im Gegenteil, alle seien des Lobes voll und ich sei mit Abstand die beliebteste und begehrteste Hure im ganzen Haus. Durch mich habe - deutlich mehr als durch Lucy - das Haus seine Einnahmen sehr deutlich steigern können. Schon mein Anblick bei der Arbeit sei ein Genuß für die muslimischen

Männer, wenn ich nur mit einem String bekleidet durchs Haus laufe. Noch nie im Leben war ich so stolz auf mich.

Ich sagte ihr, dass es mir hier sehr gefallen würde und ich mich absolut zu Hause fühlte. Die Freier seien nett und die Tatsache, dass ich in jeder Schicht deutlich häufiger verlangt wurde als alle anderen, sogar als Lucy, die auch sehr gut beschäftigt war, sei für mich wie geschaffen. Vor allem da ich mittlerweile jeden Fick genießen würde. Ja, ich hätte gelernt, dass auch nicht zu starke Schmerzen zur Lust gehören und sie dürfe gern Freier, die die Hure zu schlagen pflegen, auch auf mich verweisen.

Von da an wurde ich fast täglich auch gepeitscht und war froh, Madame Samira das gesagt zu haben. Denn es brachte dem Haus deutlich mehr ein, wenn die Hure sich schlagen ließ. Es brachte meinem Herrn mehr ein. Schließlich waren Lucy und ich drei Jahre im Eigentum unseres Herrn als Huren in seinem Edelpuff und hatten uns völlig damit abgefunden. Unser altes Leben in Freiheit, zuhause in Deutschland, hatten wir längst aufgegeben und verdrängt. Es erschien uns einfach nur noch surreal nicht mehr unter dem Kommando eines strengen, gut bestückten Moslems zu stehen.

Dann kam eines Tages mein Herr zu mir und sagte, ich würde zwar dem Haus sehr viel Geld einbringen, sei aber wohl doch zu schade, um hier noch lange als Hure abgenutzt zu werden. Er beabsichtige, mich als Zuchtstute einzusetzen, wenn mir das Recht sei. Ich erwiderte, dass ich mir nicht mehr vorstellen könne, ein Leben ohne meine täglichen Sexdienste zu führen. Alles, die Freier, die Schläge ab und an, die unterschiedlichen Männer seien etwas, was ich mittlerweile dringend brauchen würde, wie süchtig machende Drogen.

Es ehre mich, wenn er mich zur Zucht verwenden wolle, ich würde ihn aber bitten, einen Weg zu finden, dass ich trotzdem ein Leben ähnlich dem, das ich heute führe, weiterhin führen wolle. Mein Herr zeigte sich erstaunt, gab dann aber zu, dass eine Hure nur dann so erfolgreich und auch so beliebt sein könne, wenn sie in ihrem Tagesablauf so aufgehen würde wie ich. Und als Deutsche liege es mir ohnehin im Blut Befehle zu befolgen und ein Leben in Knechtschaft unter einer starken muslimischen Hand zu fristen.

Zwei Tage später kam er wieder zu mir und meinte, man könne das gut vereinen. Ich würde ja von den Freiern nur mit Kondom gefickt, also könnte mich ein für mich ausgesuchter blonder kräftiger Hengst als seine Stute nehmen und mich decken. Schließlich stimmte ich zu. Nie hätte ich es gewagt meinem Gebieter zu Widerworte zu geben. Und wenige Tage später, als ich meinen Eisprung hatte, führte er mir einen muskulösen blonden Recken zu, den er auf mich losließ. Er

hatte einen herrlichen gewaltigen Schwanz und

war ein begnadeter Ficker.

Vier volle Tage nach einander deckte er mich

mehrmals am Tag. Während dieser Tage war ich

eine reine Zuchtstute die es zu befruchten galt.

Ab dem fünften Tag nahm ich meine Arbeit als

Edelhure wieder auf und war ehrlich froh, wieder

als Hure anschaffen gehen zu können.

Tatsächlich blieben meine Tage dann aus, der

Kerl hatte mich gedeckt, so wie er sollte. Ab dem

6. Monat meiner Schwangerschaft nahm mich

mein Herr aus dem täglichen Betrieb heraus. Es

gab Spezialkunden, die viel Geld bezahlten,

wenn sie eine schwangere Hure bekamen. Bis 6 Wochen vor der Geburt meiner kleinen blonden Tochter ließ man mich als Hure laufen, dann hatte ich Schonzeit, in der ich nur Fellatio betreiben durfte. Die Geburt war nicht allzu schwer und nach 6 Wochen ging ich wieder als Nutte anschaffen.

Die Jahre vergingen wie im Flug. 6 Kinder bekam ich so in 7 Jahren. Kinder erster Qualität, da sie alle gesund und blond waren. Darunter litt natürlich mein Körper zusehends und es wurde entschieden, mich im bisherigen Nobelhaus nicht mehr arbeiten zu lassen. Man stellte mir frei, mich nur noch um Kinder zu kümmern, oder in ein minderwertiges Haus zu wechseln.

Meine eigenen Kinder waren zwar bis auf das

Jüngste bereits zu sehr guten Preisen von meinem

Herrn verkauft worden. Er handelte aber viel mit

selbst gezüchteten Kindern (deswegen kaufte er

auch immer gern eine Blondine und ließ sie je

nach Qualität in einem seiner Häuser laufen). Ich

selbst entschied mich für ein nicht so vornehmes

Haus und im Laufe der folgenden Jahre - ich

wurde noch 3 Mal gedeckt, bekam ich noch

weitere Kinder. Aber sie wurden von den

Machthabern als minderwertige Kinder

angesehen, da sie nicht blond und blauäugig

waren (man hatte mich einem falschen

Deckhengst zugeführt). Da sie dennoch gesund

und ansehnlich waren, wurden sie aber trotzdem

noch zu guten Preisen verkauft.

Wie ich mir schon gedacht hatte, stieg ich immer weiter ab im Laufe der Jahre. Ich war eine verbrauchte Hure, ich war nicht unansehnlich geworden, aber der Lack war ab wie man so schön sagt. Ich hatte Glück, dass ich einen guten Herrn hatte, der anerkannte, dass ich immer gut für ihn gearbeitet und ihm viel Geld eingebracht hatte. So ließ er mich nicht wie fast alle anderen der unbrauchbar gewordenen Huren fallen.

In einem kleinen Zimmer und bei einfachem Essen fristete ich mein Dasein im Schatten meines mächtigen Herrn. Ab und an, wenn ein Kerl kam, der ficken wollte aber nicht bezahlen konnte, schob man ihn in mein Zimmer und ich ließ mich

gerne von ihnen besteigen.

MIX

Papier | Fördert
gute Waldnutzung

FSC® C083411

Zeitfracht Medien GmbH
Ferdinand-Jühlke-Straße 7
99095 Erfurt, Deutschland
produktsicherheit@kolibri360.de